내가 모르는 저 숲이
먼저 나를 알아본다

人人
사
십
편
시
선

내가 모르는 저 숲이
먼저 나를 알아본다

2020년 11월 1일 제1판 제1쇄 발행

지은이　　정해강
펴낸이　　강봉구

펴낸곳　　작은숲출판사
등록번호　제406-2013-000081호
주소　　　10880 경기도 파주시 신촌로 21- 30(신촌동)
전화　　　070-4067-8560
팩스　　　0505-499-8560
홈페이지　http://cafe.daum.net/littlef2010
이메일　　littlef2010@daum.net

ⓒ 정해강

ISBN 979-11-6035-098-2 03810
값은 뒤표지에 있습니다.

내가 모르는 저 숲이
먼저 나를 알아본다

정해강 시집

작은숲

변화를 잉태하는 글쓰기

나는 시를 써야 한다
시는 마음을 고독하게 한다
고독은 영혼을 살찌운다
무슨 말을 해야 할지 몰라도
계속 써야 한다

걸음을 멈추지 말고
쉬어도 끝을 내고 쉬어야지
무엇을 읽을까
고민하지 말고 그냥 읽어야지

어디를 향해 가든지
그 자리마다 들꽃은 피어 있으리니
그 꽃들 하나하나에 이름을 지어주자
더 이상 살 가치가 없다는 생각이 들더라도
멈추지 말고 계속 살아라
무엇이 잘못되어 이런 나날을 보내는가

이제 한 달 뒤면 나는 군대로 간다
그때까지 나는 계속해서 글을 쓸 것이다
시를 쓸 것이다

나는 누구를 또 만나야 하나
옛 친구들이냐
오래 전에 갔던 공간이냐
어릴 때 읽었던 책이냐

내 머리는 공허하다
내 마음도 공허하다

일단 우도에 가보려 한다
가서 일주일 정도라도
걸어 다니며 시를 쓰고 싶다
내 삶을 돌아봐야겠다는 생각도 종종하지만
어찌 될지는 모른다

이토록 허무하고
이토록 보잘 것 없는 내 글은, 내 시는,
내 인생은 어디에 자리매김 할 것인가
팔이 아프다

- 2019년 11월, 일기에서

| 차례 |

제3부   그 길에

제1부

깨진 창 사이로

삶

속으로 열을 세 봐
어느 틈에 어두운 곳
찾아든 감옥
열린 해방
그 안에 죄수
무언가 말을 한다

꿈

울타리 바깥에 꽃이 피었다
열어 놓은 책에 빗방울이 나린다
바람 참 살랑거리며 노닌다
어기적어기적 길을 오르는 사람이 보인다
길 양옆에서 새들과 나무가 지저귄다
구름은 모였다 흩어진다
어젯밤에 꾼 꿈처럼 아득한 풍경이다

깨진 창 사이로

찬 복도 바닥에 앉아 다리가 저리다
어느 틈에 다리는 감각을 잃었다
창 밖에서는 신선한 바람이 자유로이 뛰논다
아버지, 어머니. 비상구 표시등 아래에
죽음이 살림을 차렸다
한밤중에 길 잃은 나그네가
수백 개의 눈으로 감지한 불빛
그는 발작 중에 힘을 잃어갔다
인간에게는 비상구인 것이
다른 짐승에게는 어떠한가
깨진 창 사이로
미풍이 불어오고 여기 멈췄다
모든 흔들리는 것들은 사실 정지해 있다
바람은 어디서나 생동한다
느낌은 주관적이나
나는 이것들이 조금 가여워졌다

작아지기

마음도 생각도 감정의 그릇도
뇌의 크기도 관계의 폭도
말도 역정도 일상의 너비도
작아지기
그때보다 커진 건 아무것도 없지마는

눈이 감긴다

눈이 감긴다
제목은 나중에 짓기로 한다
슬픔이 목에 켕겨 잘 넘어가지 못한다
걷는 발걸음마다 투덕투덕 소리
옥수수가 한 알 한 알 터지는 형세
팝콘의 단맛, 짠맛
딸기 주스의 심심한 맛
소화되지 않은 수십 개의 상처
아까 먹은 육개장의 단조로움이 생각난다

나비

나비 하나 팔랑거리네 종잇장처럼
뜯긴 선풍기 날개처럼 울고 있다
외면할 수 없는 바람에서
솔향마저 잔잔히
외로이 살랑거리어
우짖는 새 소리 속으로
스며든 노을빛의 아련함이여

물맛

자다가 어느 결에
십 년에 한 번 나올 만한
영감이 떠오르더군
잠깐 흘러온 바람의 영혼이었나
어둠 속을 꿈틀대던 뒷모습이었나
부르다 만 귀뚜라미의 울음 섞인 노래였나
목구멍을 휘감던 라면의 기름기였나
내 옆에 다가와 앉은 에라잇, 한숨인가
눈물 자국 어디엔가 숨어 안도하는
한 방울의 웃음기였나

시 창작 입문

1. 시

시는 쓰여지지 않는다
시는 불리지 않는다
다만 누군가 시, 라고
그 특이한 소리를 뱉는 순간
시는 비로소 씨가 되어
마음이 가난한 이를 찾아
시는 뿌리 내린다

2. 내게로 왔다

흙 속에서 뒹구는 지렁이
등허리를 만져본다
꿈틀거리며 지렁이가 내게 말한다
'지렁 지렁'

나는 뭐라고 해야 할지 몰라
난처한 웃음을 짓는다
가끔은 그렇게
내 안에 있던 생명의 발작이
내게로 온다

3. 슬픔은

외로움 외로움 외로움 외로움
가장 안 쪽에 있을 때의 외로움은
사실은 슬픔이다

나오너라, 나오너라
슬픔은 썩 나오거라
이리 나와 모습을 보여라

사실 너는 기쁨의 어머니가 아니더냐

4. 기쁨이 되어

생각해 보면 내 인생
그리 기쁘고 유쾌한 나날들
많지 않았지만
어제 찾아온 슬픔이
내 안에 자리를 잡은 것은
새들이 내게 가르쳐 준
부화의 고통 때문이었다
더는 기다리지 않겠다고
내 심장이 똑똑거렸다
나는 마침내 기쁨으로
껍질을 깨기 시작한다

5. 너에게

내가 너를 만난 밤에는
달빛이 내리쬐던 안식의 밤에는
두근거리던 심장만큼이나
내 부끄러움도 발갛게 요동쳤다

내가 너를 사랑한 하루는
함께 부를 노래가 되어
이 작은 둥지에서
생각보다 행복하게, 아름답게
어리석게, 안타깝게
살게 되었다
살게 되었다

6. 날아가는 것

작은 민들레 씨앗이
바람을 타고 끝없이 허공을 떠돌다
어떤 기류를 만났으니
그것은 이 세상의 모든 행운보다
훨씬 간명하고도 시원한
희망이라는 기적이었다
날아가는 것은
결국 그렇게
너에게 스며들었다

7. 삶 · 뿌리

보이는 것 아래에
보이지 않는 것이 있다

빨갛게 푸르른 청춘 밑바닥에
살기 위한 고통의 실타래가 있다

삶 뒤에 죽음이 있고
삶과 죽음 사이
남겨진 과업 혹은 숙명

아직 다 알지는 못하는
열매로의 여정

제2부

내일은 내일 끝난다

우도야 게 섰거라

기다려
나 지금 그리로
걸어갈 테니
묵은 피로 떨치고
해맑은 강물처럼
흘러갈 테니
시퍼런 약수 한 모금 하고
뜨겁게 몸서리치며
걸어갈 테니
우도야 게 섰거라
시린 영혼 한숨에 녹여
매운바람으로
춤추며 가리니
가던 길 멈추고 돌아서
바닷길 걸을 적에
멀리서 너를 부르거든

바다 냄새보담은 먼저
마중 나와 주라

밤

하늘이 왜 말을 안 할까
땅에서는 자꾸 기침소리만 들리는데

밤은 말보다는
노래를 더 좋아하나 봐

밤하늘이 밤을 새우며 재잘재잘
신나서 별을 부르고
달을 부르고
기분이 좋은 날은
달도 부르고 구름도 부르고
참 고운 소리로 온갖 노래를
부르는 밤

덩달아 흥겨운 바람이 덩실덩실
춤도 추어서

나는 달달달달 떤다
개다리춤을 춘다
밤아, 난 네가 참 추워

아쉬울 때 그만, 하면

그만하면 됐어
그만하니 다행이지
그만하길 천만다행이야

미련이 남으면
얼마나 좋아
그만, 하면 썩 잘 살았지

이제 맛있는 걸 먹을 때
아쉬운 걸 어쩌나 하지 말고
그만, 하면 많이 먹었지
그러니 그만 먹고
친구의 배고픈 눈동자와
심심한 마음이나 들여다보자

너 이제 다시는 그렇게 살지 말아라

왜 살아야 하는가
그걸 모르면
계속 그렇게 살아진다

행복을 빌어라
너 말고
다른 이들이 행복하길
빌어라

기도하며 걸어라
걸음으로 시를 써라
너 지나간 자리마다
민들레 꽃 피우거라

내일은 내일 끝난다

내일은
내일이 돼야 시작되고
내일은
내일이 시작돼야 끝날 수 있다

삶은 사람을 빚는다
내일은 아직 오지 않았다
오늘을 마저 살아야
내일도 온다

어제 밥 먹고
일하고
똥 누었듯
오늘 그리하면

그러나

내일은 그냥 오지 않아서
오늘은 오늘도
죽음을 맞는다

숨진 오늘을
낙엽처럼 밟으며
강물처럼 유유히
걸어가 보려 한다

나는 너무 밝은 빛

눈이 부시다
목이 칼칼하다
그가 보고 싶다
그러나

나는 죄인으로 살았다
죄인은 침묵해야 한다 더 이상
어떤 말도 해서는 안 된다

칼을 쥐고도
칼을 쥔 줄 몰랐다니

깊게 베고서
하는 말은
또 한 번 칼이 되어
더욱 깊은 상처

영혼까지 녹슬게 한 상처

그런 짓을
지금껏 몇 십 몇 백
몇 천 번이나 해왔던가

구름

구미 버스터미널 앞
버스 까페 아니, 까페 버스였나
하여튼 거기 창가 자리에
웅숭그려 앉아
시를 읽기도 하고
하늘을 보기도 했다

구름은 변하지 않는 듯
변했다 가끔 새들이
무리지어 어디론가 날아갔다
커피는 그저 그랬다
구름을 오래 보았다

구름도 나를 오래 보았다

미안하오

살아 있어서 미안하오
아직도 살아서 미안하오

언젠가 만나게 되면
고개를 숙이고
아무 말도 못할 테지만
그래도 그때는

조금은 더 나은 사람으로
거듭나기 위하여
오늘도 징그럽도록 살아남아
또 내일을 기다려보겠소

무슨 말을 더 할 수 있겠소
그때 그대가 찢었던 시처럼
이 시도 구겨지고 찢어지고

불태워진대도 내가 오히려
고마운 마음일 것이오

사랑, 이젠 뭐가 뭔지 잘 모르겠소

한 가지 분명하고도 소름끼치는 사실
소름끼쳐야 하지만 정작 아무렇지 않게
살아가고 있는 내 모습

백지

백지는 하얀 거짓말이다, 라고 한숨이 말했다

어떻게 그래

어떻게 사람이
그래 어떻게
시인이 그래
아무 생각도 안 나는데
아무 생각도 없이
일단 쓰면서 시작할 수가 있어
일단 하고 후회할 수가 있어
그런데 내가 그때 그랬고
지금도 그러고 있네
아, 지금 내 책상에는
오랫동안 엄마 차에서 묵은
수정과 음료수 병이 비워진 채로
깨끗이 비워진 채로
꼿꼿이 서 있네

나는 앉아 있지

죄인인데도 앉아 있지
부끄러움도 모르고
숨죽일 줄도 모르고

섬에 가고 싶어 하고
어디론가 도망치고만 싶어 하고

아, 그리울 것 남지 않도록
그리워할 자격 없기에
나는 어느 날 훌쩍 떠날 것이다

안경

나를 벗겨낸
안경이 나를 보고 있다

안녕

안경, 나를 쳐다본다
텅 빈 눈으로
나를 벗고서

제3부

그 길에

그 길에

그 길의 끝에 핀 것은
무엇이었을까
그 길에는
누가 걷고 있었을까

지금 내가
이 길 위에 뿌리내린 것은
무엇을
피우기 위함인가

그렇게
마지막 지점에 도착하고
끝난 줄 알았지만 끝나지 않은
다시 시작된 길

진정 이 길은 어디까지

그 길은 여기까지
그렇게 그 너머 소실되어 사라지는
먼 미래까지 잇닿아 있는 것일까

우리들의 꽃이
이 길의 끝에 가서 지기를
그때까지
활짝 피어있기를

이 길의 끝에
너라는 꽃이 피기를*
그 길에 피어 있던 나라는 꽃이
그때 비로소 지기를

* 샤이니의 노래 〈이별의 길〉 중에서

우주

하늘을 보면
네가 보인다, 구름아
구름 위
귀신 같은 어둠을 지나
처음이자 끝이 있는 곳
그곳에서 우리는
태양은 놀랍도록 위대하게
놀랍도록 위대하게
당신과 같은
별과 하늘과 바람, 모든 것을
비추며 덥히며
사랑하는 곳, 작열하는 곳
당신의 우주

심청전

내가 심청이고
하은이가 거북이고
예빈이가 물고기고
민웅이 형이 용왕이듯
세상 그 어디에
삶이 없겠는가
바로 여기에도
언젠가 불타 없어질 이 곳
나에게 찾아든 선물
스며드는 아픔
왜 나에게 선물을 주셨나요
모른다, 모른다고만 한다
주실 거면 다 똑같은 선물을 주시지
왜 어떤 사람은 좋은 선물을 주시고
어떤 사람은 꽝을 주셨나요
행복하려면 어떻게 해야 하나요

행복은 존재하지 않는단다
왜요?
사람들은 행복해지기 위해
정말 많은 노력을 하는 걸요
행복은 그걸 찾는 사람에게 있지 않아
찾지 않는 사람에게 있지

딸기

요즘 딸기 먹을 일이 많다
홈스테이에서도 학교에서도
그러나
정말 맛있는 딸기는 드물다

요즘 하고 싶은 일이 적다
홈스테이에서도 학교에서도

그러나
마주치기 싫은 진실은
남겨진 딸기 꼭지들보다
훨씬 많다

비웃다

시간은 어느 때나 같지 않다
아침에는 십 분이 일 분 같다
서두르는 내 마음을 비웃는 것이 숫자인가
밥을 먹을 때는 식판만 바라본다
식판이 나의 초라함을 비웃어댄다
온통 싸늘한 빛깔뿐이다
두어 번 가는 화장실 거울에는
뜻 모를 표정 하나가

기록되지 못한 삶

이 년 동안 일기를 안 썼다
뭐가 남았나 생각해 보면
쿵쿵 계단 오르는 소리
묵직하고 먹먹한 소리
간혹 딱따구리가 공기를 짜르르하게
갈라놓는 소리
그 새들의 이름을 모르는 나는
새소리와 내가 뱉어낸
몇 마디 단어조차도 잊었다
까마득한 밤의 달빛이나 별빛이나
소중한 줄을 모른다
어젯밤에 기숙사에서 내려오며
너무 밝은 가로등 빛으로
밤하늘 빛은 잠자고 있었다
집으로 돌아온 후 곧 잠들어 버렸다

오버워치

심장은 빠르게 뛴다
시간은 맥박, 화면은 화폭
마우스로 그리는 한 편의 크로키
라면처럼 꼬불거리는 뒤틀린 욕망이
비명을 지른다
여생은 컵라면 국물만큼 들이켜고
땀에 젖은 뒷모습

화살
– 고은의 「화살」을 읽고

활시위의 느슨함은 팽팽하다
고요한 떨림처럼 허공을 뚫으며
날아가다, 문득 외로워짐에
햇살을 받아 반짝이던
그 머리도 가려져, 문득 차분해짐에

어리석은 발자국들이
피 묻은 기타줄마냥 서성일 때
그 너머로 본 건 어느 과녁인가
돈, 지위, 허영심 따위
지금 내 손 안 활만 하겠는가
손을 떠난 활시위의 잔잔한 울음만 한가
화살 따위 잊은 지 오래라

죽음

이런,
또 태어나버렸네
죽는 순간
새롭게 시작되는 생명

김치볶음밥

은근한 부스스함으로 잠에서 깨어
은빛 평범한 밤, 어제를 깨고 나와
은하수의 넘실거림으로 춤추는 청명함과
짭짤한 죽염 한두 알 입에 풀어서
나도 기쁘고, 새들도 기쁘다

점심을 긴급식으로 보니
그 이름, 김치볶음밥
어젯밤 엿같이 달착지근한 수면 위로
어지럽게 떠오른 꿈의 반찬들
한데 넣어 볶아줄 테냐

두부된장국

말캉하게 부서지며 입 안을 위무하고
슴슴하게 바야흐로 목젖을 만져주고
언제나처럼 푸근하게 내 몸을 덥히는
당신의 품이 두부된장국이다

제4부

우도

염치

부끄러움을 모르는
그래서 시를 쓰는
나는 더 이상 시인이라고 불릴
자격이 없다

이 세상 모든 구르는 돌들은
저마다 세상을
조금씩 밝게 만들지만

이곳 상학리 해인공방 옆
개와 고양이와 닭들과
교감 아버지와 곧 수능을 보는 동생과
내가 군대 가면
본사로 갈 마음 있는
어머니와 함께 사는 조용한

집 벽난로도 있고
자전거도 있고
언제나 바깥 공기보다는
춥고 조금은 쓸쓸하고
벌레들이 종종 찾아오는
내 방에서

나는 잠이 오지 않는다는 이유로
이렇게 앉아
고개를 푹 숙이고
시를 쓰고 있다 그러나
더 이상 이것은 시가 아닐까

글쓰기와 시 쓰기는 다른가

다르다면 무엇이
어떻게 다른가
시는 왠지 더 느리고
천천히 써야 할 것만 같은데
결국 시 쓰기도 글쓰기가 아닌가?
누구에게 물어야
답을 찾을 수 있을까
책을 읽어야 하나

지금이 몇 시인지 모른다
하얀 스탠드 조명만이
나의 어둔 방을 지나치게
눈부신 빛으로 감싸는 지금
나는 무엇을 쓰고 있는가

습관적으로 휴대폰을 켠다

카톡을 확인한다
아무것도 없다
그러면 또 습관적으로
쓸쓸해한다

이 밤에

새벽에 잠이 안 와서
시라도 쓰려고 나왔더니
춥기만 하네, 젠장
등은 가렵고
배고프고
아무 생각이 안 나고
왜 나왔지?
떨어지는 낙엽 소리에 놀라고
그림자만 봐도 놀라고
담력 테스트나 하자고 나온 게 아닌데
바람이 분다
바람이 분다

바람이 자꾸 까분다

달은 무슨 생각을

이 밤에
나는 무슨 생각하려고
이 밤에
나무는 얼마나
더 자라려고
이 밤에
밤새들은
무슨 노래를 부르려고
이 밤에

새벽

내가 밤이라면 밤인 거야
내가 포도라면 포도인 거야
달큰한 즙이 정수리에
내리쬔다 눈부시게
까아만 밤빛이
별보다도
달보다도
달큰한 포도송이가
주렁주렁
여백 없는 풍경
달아 달아
이 포도밭에서는
얼마든지 살지도록 먹어라
느이 식구들이랑 배 꺼지도록 먹어라

인자 보름 동안은

너를 보고 실없이 웃어보자
어이구 잘 묵네
우리 달

그려 그려
보름 동안 실컷 자셨으니
보름 동안 네 살을 노나주는구나

그래 그래
포도밭은 씨가 마를 날이 없겠구나

에이, 뭘 그래

아까츰에
나뭇가지에 불 붙여
흡연하시는 예수 씨를 보면서
나도 한 대쯤 때야지 싶었어

고것 참 맛깔시럽더만
그 양반한테 말을 걸었어
"거 맛 좋수?"
나헌티 그러드만
"너는 신을 믿느냐."

한 번은 내가 따져볼라고
그 양반한테 그렀어
"거 신이면 시도 쓰오?"
예수 씨가 씨익 씨익
웃으며 성내기를,
"야 이눔아, 시인만 시를 쓰는 줄 아냐?"

재밌지?

에이, 뭘 또 그래

너나 나나 살면서

흙 밟으며 꽃 밟으며

풀잎 한 자 한 자

꾹꾹 눌러 쓰는 걸음으로

저마다 쉬– 하고들 살잖어

나는 죄인이다

염치를 몰랐던 염치를 모르는
그리하여 인간 이하의
어떤 칠흑 같은 어둠
상투적인 젊음
평균 이하의 삶
누구를 비웃을 수 있을까
이 시는 언제 어떻게
마무리 될 것인가

쓸 것도 없어

이미 이십일 년을 살았는데
이다지도 쓸 거리가 없다니

나는 내일이 되면
상학마을에서 구이중학교로 나와
작은 마을버스 970번을 기다리며

또 한 개비 담배를 태우고
곧 버스가 오고
그렇게 정처 없이 나가
영화를 한 편 볼까 하는데
이런 것도 이야기가 되고
시가 됩니까

아니면 마음 깊이 묻어 둔
까만 조약돌 같은 이야기들을

열심히 주워서
그것으로 목걸이라도 만들 듯이
그런 심정으로
시를 써야 옳습니까

무엇을

무엇을 읽어야 할까
무엇을 읽지 말아야 할까

무엇을 써야 할까
무엇을 쓰지 말아야 할까

어디로 걸어가야 할까
어디로 걸어가지 말아야 할까

무엇을 들어야 하고
무엇을 듣지 말아야 하고

무엇을 말해야 하나
무엇을 말하지 말아야 하나

무엇을 보아야 하며

무엇을 보지 말아야 하며

어떤 모습으로 보아야 하나
어떤 모습으로 보이지 말아야 하나

무엇을 보여야 하는가
무엇을 보이지 말아야 하는가

우도

우도에 왔다
땅콩막걸리는 고소했다
밤이 되면 조용해지는 곳
개를 따라 잠깐 산책했다
달이 시름시름 앓고 있었다

비가 세차게 많이 온다
이 섬에 갇혀
한 달만 살아보고 싶어졌다

바람이 세차게 많이 분다
어쩌다 보니
새벽 두 시다
어쩌다 보니
스물한 살이다
어쩌다 보니

소섬으로 흘러들어왔다

아직
느껴야 할 것이 많이 남았다

숲

내가 모르는 저 숲이 먼저 나를 알아본다

나는 누구인가

새벽의 고요

나에게 새벽은 기도하는 마음으로 깨어 있는 시간이다. 누군가는 하루 중 가장 지혜로운 시간이라고 하던데, 어느 정도 동의한다. 이 새벽에 나는 내 세계의 빈곤함을 느낀다. 읽은 말과 글이 얼마 되지 않았으므로 그만큼 내 생각을 표현할 물감의 종류가 적은 것이다.

글은 오래가는 코끝의 간질거림으로 간간이 내뱉는 재채기처럼 드물다. '한 자라도 더 쓴다 해서 내 존재와 삶의 의미를 부여하는 데 도움이 될까?' 이런 생각을 하다 문득, 이렇게라도 깨어 있는 느낌이 좋았다. 그렇지 않으면 내가 보낸 똑같은 하루들은 어떤 특별한 의미도 없이 그저 지나가 버린 시간으로 남을 일이다. 그러니 나는 이 고요와 침묵의 길을 계속 걸어야 한다. 글쓰기는 언제나 내 정신을 좀 더 날이 서게 만들었기 때문이다.

3년의 간디학교 생활을 통틀어 내가 나의 허물을 벗긴 적은 손에 꼽을 정도다. 가식을 벗기는 글쓰기는 마음의 속살을 파낸다. 지금 이렇게 억지로 쓰고 있는 문장들도 완전히 자발적인 행위의 소산이라 할 수 없다. 하지만 절망만 하고 앉아 있기엔 흘려 버린 시간이 더 아깝다.

탄식만 늘어놓으면 뭘 하나, 지금 이 순간에 아무것도 하고 있지 않다면 그게 바로 탄식할 일이다. 한편으로는 내가 원하는 일을 할 수 있는 환경이 갖춰져 있다는 데 감사할 수도 있잖은가. 그러나 이 감사가 과연 온당한 것인지는 의문이 든다. 이게 감사할 일인가? 내가 여태까지 별 탈 없이 살아온 게 정말 감사한 일이라면, 재수 없게 세상을 뜬 무수한 사람들과 기본적인 여건이 안 돼서 하고 싶은 일을 할 수 없는 많은 이들은 마땅히 불행한 사람이 된다. 말이 되지 않는다. 행복은 물론 주관적인 가치이나 타인에 대한 주관적인 판단은 되도록 하지 않아야 한다.

여전히 대부분의 문제들을 아직 손도 대지 않았지만, 분명 그것들은 어렵다. 평생이라는 모래시계는 한 번 떨어지면 뒤집을 수 없는데, 그 속에 담긴 모래알만큼 다양한 문제들은 제대로 생각해 볼 틈도 주지 않고 떨어져 내린다. 그래서 우리 모두는 조금씩은 스스로를 속이며 살아야 한다. 자신에 대해, 세계에 대해 대충은 알고 있다고 믿고 있는지도 모른다.

하지만 정작 스스로의 존재에 대한 근원적인 물음을 던져 깊은 사색을 시작한 이야말로, 자신을 더 없이 기만하고 있는 것이다. 고통스러운 작업을 통해 깨달음을 얻을 수 있으리라는 믿음이 그것이다. 고통이 진실을 향해 나아가기 위한 징검다리라고 믿는 건 어리석다.

그럼에도 내가 이 무익한 탐구를 조금씩 해 나가는 이유는 빌어먹을 '졸업작품' 주제를 거창하고 그럴듯한 주제로 잡은 내 실수에 대한 책임의식 때문인가. 그렇지만은 않다고 생각한다. 나를 들여다보고 의식과 무의식에 박힌 공상을 끄집어내는 일이다. 종이 위에 펼쳐진 공상이 내 존재를 확인시켜 줄 것이라고 믿는다.

낙서 같은 삶

무의식을 반영하는 게 낙서다. 의도적인 획은 없지만

저마다는 어느새 하나를 이룬다. 낙서에는 막힘이 없다. 되는 대로, 손 가는 대로 그리면 그만이다. 퍽 예술적인 작업 같다. 삶이 온전한 예술일 수는 없겠으나 지금 내가 사는 방식도 꼭 낙서 같다. 어떤 그림을 그릴지에 대해서는 별로 생각하지 않는다. 몇 가지 조건으로 인해 일련의 패턴은 존재한다.

그렇다고 해서 어제의 낙서가 오늘 밤의 잠자리와 다를 바 없다고 생각하지는 않는다. 분명 똑같은 행동이라 해도 무늬만 닮은꼴인 것이다. 우연이 이어지면 필연처럼 여겨지는 법이다. 그렇기에 나는 일관되지 않을 수 있다. 낙서는 갇히는 법이 없기에 자유롭다.

하지만 그만큼 무책임하기도 하다. 책임은 모든 행위 이전에 앞서 존재하고 있는 조건이다. 내 삶은 과연 여기에서 자유로울 수 있을까. 유감스럽게도 그렇지 않다. 오히려 자연스럽고 유동하는 성격에서 비롯된 행동이 더욱 문제가 되기 쉽다. 의미가 규정되지 않거나 의도치 않은 말과 행동은 바로 그 자유로움 때문에 통제되기도 쉽다. 다시 말해 나는 내 말이나 행동으로 인해 책임져야 할 일이 많아질 수 있다는 사실을 늘 인지해야 한다.

삶을 끄적인다는 표현도 좋지만 막 산다는 말이 더 어울린다. 내가 생각해도 그런데 남들이 보기에는 어떻겠는가. 여기서 스스로를 버리지 않으려면 나름의 의미 부여가 필요하다. 그렇지 않으면 내가 사는 꼴이 사납기만 해 눈살 찌푸려지는 존재 정도로 머물러야 하니까. 먼저, 쓸모없는 게 곧 쓸모를 만든다는 생각은 달콤한 몽상일 뿐이다.

분명한 어조로 내가 가치 있는 존재라 말할 수 있어야 한다. 재능으로 자신과 타인에게 인정받는 걸 말한다면 나는 다시금 절망에 빠질 것이다. 대신에 사물은 어떤 것이든 고유한 성질을 지닌다는 명제를 믿기로 한다. 실마리는 결코 희망적일 수 없다. 어쩐지 나를 설명할 해답을 쥔 언어가 나에게 없을 것만 같은 느낌이 든다. 낙서는 곧 지워질 것이다. 하지만 여기서 다시 살아난다.

불멸성의 부재

태양마저 불멸하지는 못한다. 가장 경건한 풍경은 소리 없이 사라지는 중이다. 세상은 소멸 중인 것들로 점철되어 있다. 어떤 간절한 염원도 결국 빛을 잃고, 지독한 절망도 녹아 없어지는 게 세상 이치인 것 같다. 불멸성의 부재는 지긋지긋한 반복의 늪에서 우리를 구원해 주는

열쇠이기도 하다. 어떤 여행이든 귀환할 순간은 찾아온다는 소박한 진실. 그것은 더 없이 다행스러우면서 동시에 허무함의 끝을 느끼게 한다. 이 우주에 불멸하는 것은 아무것도 없단 말인가. 안 그래도 괴롭기만 한 세상살이가 덧없기까지 하다면 나는 도대체 무슨 희망으로 살아갈 힘을 얻는단 말인가. 내일이 오지 않는데 오늘의 수고와 눈물은 무슨 의미가 있는가?

불멸을 꿈꾸는 노래가 아름다울 수 있는 건 세상 만물이 유한하다는 사실에서 오는 찬란한 슬픔 때문일 거다.

나를 키운 팔 할은 무엇이었나

첫 번째로 나는 나를 어느 정도 대변할 수 있는 소품 혹은 자료를 찾아야 했다. 그래서 정리한 목록을 보면 거의 다 내가 잘 모르는 이름들이다. 나는 이들의 정체성에서 작은 영감을 받았을 뿐 어느 누구도 제대로 안다고 말 할 수 없다. 나를 알기 위해서도 마찬가지라고 생각한다. 우선 나에 대해 잘 모른다고 말할 수 있어야 한다. 내가 애착을 둔 것들을 소유하고 있다는 착각과 그로부터 비롯된 허영심을 비롯해서. 나는 아무것도 아니다.

주는 밥 먹고 컴퓨터실과 교실을 오가며 쓸데없는 생각 속을 맴도는 게 일상이었다고 하면 너무 멋없으려나? 사는 재미를 몰라도 너무 모른 채 살아도 허탈한 웃음은 늘 달고 살았다. 무기력하다는 말도 너무 남용하면 아무 뜻도 아니게 되어 버렸고, 신나는 일은 많지 않았다. 억지로 즐거운 척한 건 아니지만 돌이켜보면 전부 쓴 웃음기가 녹아 바닷바람처럼 불어온다.

그런데도 나는 늘 뭔가로 채워지고 있었다. 어쩌다가 실체 없는 시선이나 말 따위에 뭉개지기도 했다. 그렇다고 부러 넘어진 적은 없고, 눈물을 흘린 적도 없다. 그러나 나를 키운 팔 할은 어쩔 수 없이 여러분이었다. 나와 네가 마주본 순간 스쳐간 한 줄기 바람이었다. 각자는 엄연한 개인으로 떨어져 있었다. 그건 물론 나도 마찬가지였고 또 혼자라는 게 좋았다.

그렇지만 내가 속한 이곳에서 만난 사람들이 없었다면 나는 훨씬 외로운 혼자였을 것이다. 실없는 농담 한 번덕에 한 모금씩 축였던 불안한 갈증이 여전히 외지고 그늘진 곳에 엉겨 있다 해도, 짧은 헤아림이 아쉬운 거리감을 느끼게 했더라도, 나를 키운 팔 할의 두근거림은 이곳에서 만난 또 다른 '나'들이었다.

느림의 미학

느리다는 건 상대적인 개념이 아니다. 내가 생각하는 느림은 속도를 늦추고 에움길로 돌아가려는 고지식함이다. 뭐든 천천히 하는 게 몸에도 마음에도 이롭다. 열 걸음 갈 길이라면 굳이 돌아 스무 걸음을 걷는 습관 같은 게 있다. 예전이나 지금이나 내 이런 점이 답답하다고 생각한 적은 없다. 그보다는 힘 들이지 않고 자신의 생각을 물 흐르듯 말하는 사람이 부러울 때가 많았다.

장단점이라 부르기에는 개인차에 가까운 속도의 차이. 그러나 나의 이런 느릿느릿한 성격에 고질적인 게으름이 더해지면 문제는 좀 심각해진다. 속도가 느린 만큼 일찍 시작해야 균형이 맞을 텐데, 나는 항상 주어진 과제를 있는 대로 미루곤 한다. 그래 놓고 결과물이 좋을 리 없다. 그러면 나는 스스로에게 이렇게 말한다.

"괜찮아, 너는 원래 느리니까. 시간이 좀 더 있었다면 분명 괜찮은 게 나왔을 거야."

누군가 나의 이런 무사안일주의를 비판하면 수긍하기는커녕 상대의 일침이 잔인하다고 부르짖는다. 조금만 생각을 바꾸면 타인의 충고를 내게 맞는 방식으로 어떻게 적용할까를 두고 고민할 수 있지만, 그 전에 나를 들여

다볼 줄도 모른다. 나는 참 웃기는 인간이다.

시간에 대하여

별 논리 없는 내 직관에 따르면, 시간은 시계로 재거나 볼 수 있는 차원의 것이 아닌 듯하다. 그런 식으로 시간을 개념화하는 것은 인간의 편의를 위해 시간의 순진함을 외면하는 것이다. 시간은 일종의 환상이다.

사람은 흔히 자신만의 시간을 가지고 싶다고 말한다. 하지만 엄밀하게 따져 보면 시간은 소유할 수 있는 종류의 것이 아니다. 언제나 시간에 성격을 부여하는 일에는 어려움이 따른다. 공부 할 시간, 밥 먹을 시간, 드라마 볼 시간 같은 말은 너무나 역겹다. 시간을 다스릴 수 있다고 생각하지 말고 흐르는 시간 속에서 자율적으로 행동하는 주체가 되어야 한다. 시간의 주인이 되려 하지 말자. 시간을 잡아 두려는 노력 또한 그냥 자기 자신을 옭아매는 일일 뿐이다.

나와 음악

학교에서 내가 선택했던 최후의 안식처는 음악이었는지도 모른다. 정말 푹 빠져 들을 때 내 실존은 먼지만큼 사소해진다. 조금 과장한다면 음악 속에 녹아들어 꿈을 꾸는 기분이라고 말할 수 있겠다. 표정 없는 얼굴에 불현듯 미소가 떠오르고, 영혼이 나비가 되어 춤을 추기 시작한다.

음악은 그만큼 사람을 휘어잡는 힘을 가지고 있다. 이성과 감성을 활짝 열고, 그윽한 음악의 목소리가 나에게 속삭이는 이야기를 따라갈 수 있다. 그러다 뭔가에 취하거나 집중이 흐트러지면 어느새 잠들고 만다. 감상에 몰입하는 것만큼 중요하고 또 즐거운 일은 새로운 음악을 자주 찾고 맞아들이는 일이다. 취향 때문이 아니더라도 사람이 찾아 듣는 음악의 범주는 어느 정도 정해지게 된다. 번거로운 일이긴 하지만 제 발로 그 범주를 벗어나 완전히 새로운 세계를 경험해보는 일은 충분히 매력적이다.

음악은 차이를 인정하고 다양성을 존중하게 하는 힘을 가지고 있다. 그런데 여기서 그치게 되면 우리는 서로 다른 취향 사이에 보이지 않는 벽을 세우게 된다. 존중한다는 말이 곧 함께 하자는 말은 아니다. 임의로 설정한 울타리 안에서만 느낄 수 있는 익숙한 즐거움도 분명 있다. 하지만 자기 손을 맞부딪칠 때보다는 친구랑 하이파이브 할 때 느낌이 훨씬 짜릿하다. 밥 딜런이 창조한 포크락의 세계가 위대한 이유는 성질이 다른 포크와 락이 한 점에서 만나 튀는 불꽃, 공존이 불러온 마찰 때문이다. 3년 동안 음악과 친하게 지내면서 새로운 만남에 대한 거부감이 줄었을지도 모른다. 아직도 음악은 나에게 무엇이 진정 공존과 화합의 길인지를 가르쳐 주고 있을 것이다.

나는 누구인가

의도적으로 헤맸는지도 모르겠다. 기어이 맞닥뜨릴 숨 가쁜 언덕을 오르고 싶지 않아서였나. 인생을 한 줄기 강물에 빗댄다면 20대를 눈앞에 둔 지금의 나는 바위가 즐비한 상류라고 할 수 있을 것이다. 물살을 손으로 잡을 수 없듯이 스스로 던진 물음에서 건질 수 있는 답은 별 게 없다. 아직도 사람들과 얘기하는 게 부담스럽고 껍질 속에 숨고 싶은 마음도 여전하다. 줄곧 혼자가 편했고 주변에 무관심으로 일관했던 나다. 세상 돌아가는 일은 밖이

나 안이나 깜깜하던 나였다.

그런데 이제 보니 나에 대해서는 다른 무엇보다도 더 모른다. 수척한 문장 안에 심장이라도 빼 넣어야 하나. 아무래도 속 편하게 사는 게 제일인가 보다. 세상 어디에 나 범람하던 언어들이 내가 쓰려고만 하면 어디론가 자취를 감춘다. 더 이상 어쭙잖은 낙관주의에 찌들어 있지 않으려거든 계속 글을 쓰며 하루에도 몇 번이고 비참한 기분을 맛보는 게 좋겠다.

채식을 그만두다

얼마 전 채식을 그만둬야겠다고 생각했다. 사람들이 좀 나와 다르게 생각하는 부분은 채식을 마치 금육처럼 생각한다는 점이었다. 어쩌다 유혹에 흔들려 고기를 먹게 될 때 친구들의 반응은 내가 채식에 실패했다는 투의 조롱 섞인 농담이었다. 나는 그렇게 생각하지 않았다. 채식을 끝내는 건 일시적인 욕망에 굴복해 실패한 내가 아니라 마음속으로 정해 놓은 선을 의식적으로 조정하는 나다. 정리한 이유는 채식을 시작했을 때와 마찬가지로 단순하다. 여러 겹의 허영심과 논리를 걷어내고 나면 너무나 맹목적인 내 모습이 보이기 때문이다.

내가 생각해도 비겁한 변명처럼 들리는 이 말에 담긴 실제적인 의미를 따져보면 재밌는 결론이 나온다. 즉, 나는 실천을 위한 실천을 하고 있었던 것이다. 이미 말이 되지 않는다. 그 사실을 깨닫기는 했지만 직접적으로는 고기를 먹게 돼서가 맞다. 사실 누가 시킨 것도 아닌데 나는 치킨을 집어 들었고 삼겹살과 한우를 먹었다. 왜냐하면 그 순간 내 마음이 그것들을 간절히 원했기 때문이다. 이것만큼은 부정할 수 없다. 내가 채식을 한 건 결국 특별한 사람이고 싶어서였나 보다. 올바름을 독점하는 기분으로, 채식을 하는 나와 고기를 먹는 대다수를 분리하고 있었다. 그런 생각이 드는 내가 싫었고, 내 마음을 속이는 내가 싫었다.

그래서 그만뒀다. 내가 지금에야 하는 생각은 친구들이 내게 묻곤 했던 질문 속에도 있었다. 그때 들리지 않았던 말들, 앞으로는 귀담아 들을 수 있을까.

정신의 감옥을 인지하자

기숙사 생활은 대체로 무료했다. 같이 방 쓰는 사람들

과는 그럭저럭 농담도 주고받는 사이지만 그런 짓은 더 격렬한 심심함을 불러온다. 왜 공허할까. 모르겠다. 날이 추운 것쯤은 아무래도 괜찮지만 굴러다니는 깡통같은 정신은 거의 아사 직전이다. 나를 가두고 외부의 빛을 차단해 만들어진 창살 없는 감옥에 웅크려 산다. 나는 왜 이제야 알아차렸을까. 소통이 단절된 삶은 공허하고 기도할 줄 모르는 사람은 외롭다. 지금의 내 모습이다. 이 감옥에서 이제는 나가고 싶다.

* 이 글은 시인이 간디고등학교 3학년 때(2017년 12월), '졸업 작품 및 논문 발표회'에서 발표한 논문 발췌문이다.

우리 오빠, 정해강

1998년 0세

● 결혼한 지 2년이 되어도 아이가 없자 엄마는 용한 한 의사를 찾아 서울까지 갔다. 처방은 매일 2시간 걷기. 처방대로 하루도 빼지 않고 걷기를 한 지 한 달 뒤 오빠가 생겼다. 엄마는 너무 기뻐 길을 가면서도 혼자 웃고 다녔다 한다.

● 아빠는 출근하던 중 강물에 햇살이 비치는 모습을 보면서 '해처럼 강처럼' 살라고, 오빠의 이름을 '해강'이라 지었다. 엄마가 꾼 태몽은 평화로운 들판에 저 멀리 염소가 한가로이 풀을 뜯고 있는 장면이었다.

1999년 1세

● 1월 9일, 예정일보다 2주나 빨리 나온 오빠는 너무 조그마했고, 툭하면 울고 소리 지르던 나와는 달리 아기 때도 조용하고 방긋방긋 잘 웃었다고 한다. 백일이 지나면서부터 낮에는 이모(엄마랑 친한 분)가 오빠를 봐주었다.

2000년 2세

● 이모는 오빠를 성당에도 데리고 다녔는데, 이웃들은 오빠가 '깎아 놓은 밤톨'처럼 예쁘다고 하며 함께 봐주기도 했다.

2001년 3세

● 오빠는 동생이 있으면 좋겠다고 말했다. 나를 임신한 엄마가 오빠랑 노란 수선화가 핀 개암사에서 찍은 사진이 남아 있다. 그때 오빠는 개암사에서 바라본 앞산의 빛깔처럼 맑고 환했다 한다.
● 이때쯤 오빠는 총명해서 별명이 '똘똘강'이었다. 5층짜리 오래된 아파트 놀이터에서 그네, 시소를 타고 놀았다.

2002년 4세

● 2월 11일, 내가 태어났다. 아빠 엄마가 "해인이는 해강이 선물이야~"라는 말을 자주 해서 오빠는 정말 나를 선물이라고 생각하면서 잘 챙겼다. 특히, 기저귀 심부름을 많이 했다.

2003년 5세

● 할머니 집 부엌에서 엄마가 일하고 있는데, 오빠가 부엌에 와서 "엄마 일 힘들지~" 하면서 빨리 나오라고 해서 엄마가 감동했다.

● 눈이 많이 오는 겨울엔 아파트 단지에서 비료 푸대나 아기욕조로 썰매를 타고 놀았다.

2004년 6세

● 내가 어린이집에 입학하고 오빠랑 같이 다녔다. 오빠가 한 손으로는 내 손을 잡고, 한 손으로는 나뭇잎을 따서 들고 있는 사진이 있다. 오빠는 늘 나를 데리고 다녔는데, 아빠는 우리 둘이 민들레 홀씨를 따서 후후 부는 날을 오래 기억한다.

2005년 7세

● 오빠가 1월생이라 초등학교 입학통지서가 나왔는데, 아빠는 오빠가 적응이 힘들까 봐 연기하자고 했다.

● 오빠랑 엄마, 아빠가 터키로 1주일 정도 여행을 갔다. 나는 이모 집에서 달력에 X자 표시를 하면서 기다렸다.

2006년 8세

● 초등학교에 입학했고, 학교 앞에 있는 바둑학원에서 바둑을 배우기 시작했다. 오빠가 바둑을 아주 잘 해서 원장님이 바둑학교로 보내자고 권유했다. 태권도도 이맘때쯤 시작했다. 태권도, 바둑을 오래 배웠다.

● 이 때도 오빠는 매일 아침 나를 어린이집에 데려다주고 학교로 갔다.

2007년 9세

● 바둑, 태권도를 배우면서 상을 많이 받았다. 레고와 컴퓨터에 관심을 가지기 시작하고 내가 오빠를 졸졸 따라다녀서 뭐든 항상 나랑 같이했다.

● 오빠는 많은 이야기를 들려줬다. 나는 매일 오빠한테 봉이 김선달 이야기를 해 달라고 했고, 오빠는 "또? 이제 다 해서 똑같은 얘기야" 하면서도 김선달이 왜 봉이 김선

달로 불리게 되었는지, 대동강 물을 어떻게 팔았는지 들려줬다. 많이 들어서 이야기의 모든 내용을 알고 있어도 오빠가 해주는 얘기를 듣고 있으면 처음 만난 이야기의 설렘과 새로움을 받았다.

2008년 10세

● 내가 초등학교에 입학한 후 오빠가 어버이날 편지를 쓰는 행사에서 최우수상을 받아 단상에 올라가서 편지를 읽었다. 편지를 멋지게 읽던 오빠의 자랑스러운 모습이 기억에 오래 남아 있다.

● 오빠는 성당에서 첫 영성체를 받을 때 예수님이 보였다고 했다. 오빠 말을 듣고 종종 오빠가 세례 받을 때 예수님을 보는 모습을 상상했다.

2009년 11세

● 오빠랑 같이 엄마 차 타고 학교에 가야 하는데, 주차장에서 엄마가 "오늘 학교 가지 말까?" 해서 우리는 "응!" 하고 놀러 갔다. 어디로 갔는지는 기억 안 난다.

● 오빠는 자주 마법학교 이야기를 만화로 그려서 나한테 보여줬는데 항상 재밌고 신기했다. 크리스마스 때는 연극을 준비하고 엄마 아빠 앞에서 공연했다. 오빠가 이

야기 대본을 쓰고, 소품도 사용하면서 연출도 했고, 나는 오빠 연극의 배우였다.

2010년 12세

● 캠핑을 자주 다녔다. 해먹, 텐트를 설치하고 물놀이도 하면서 여름을 재밌게 났다. 오빠는 아빠와 함께 텐트를 치고, 불을 피우고 고기 굽는 것을 좋아했다.

● 오빠는 당시 인기 드라마 〈일지매〉에 빠져 있었는데, 어느 날 놀이터 높은 곳에서 일지매를 흉내 내다가 떨어져서 응급실에 갔다.

2011년 13세

● 성당에서 오빠랑 나는 복사를 자주 섰는데, 미사에 참여한 사람들이 오빠가 신부님이 되면 좋겠다고 말했다. 같이 복사하면서 마주 볼 때는 둘 다 웃음을 참으면서 이상한 표정을 지었고, 실수했을 때는 잔뜩 째려보거나 웃었다.

2012년 14세

● 중학교에 입학했다. 오빠는 친구들의 휴대폰을 걷고 나눠주는 역할을 맡았는데, 안 내는 학생들도 있어서 부

담을 많이 느꼈다. 학생 야구단에 들어가서 야구를 배
웠다.

● 오빠랑 같은 영어학원에 다녔다. 오빠는 영어를 잘해
서 엄마랑 영어로 대화하면서 노는 게 샘났다. 영어학원
원장선생님이 오빠가 단어 하나를 붙잡고 한 시간 동안
풀이를 연구한다고 엄마한테 말한 적도 있다.

2013년 15세

● 오빠는 영화를 좋아했다. 영화를 보고 블로그에 그날
본 영화를 소개하는 글도 썼다. 엄마, 아빠, 오빠랑 다 같
이 극장에도 자주 갔는데 영화 끝나고 에스컬레이터에
기대서 서로 재밌었던, 슬펐던, 아쉬웠던, 감동했던 장면
을 얘기하며 집으로 돌아오곤 했다.

2014년 16세

● 오빠가 가수 밥 딜런을 좋아하기 시작한 게 이때쯤이
었다. 밥 딜런이라는 사람을 궁금해 했고 그의 삶에 관
심이 많았다.

● 오빠는 생각이 많아지면서 사춘기를 겪는 듯했다. 초
등학교 때 잘 지내던 것과는 달리 나와도 적잖게 다투기

시작했다.

● 중3이 되어 오빠는 산청 간디고등학교에 입학 면접을 봤다. 얼굴이 빨갛게 상기된 채 "얼음처럼 차갑게 시작했다가 난롯불처럼 뜨겁게 끝났다."라고 면접 소감을 말했다. 그곳에서 오빠는 스스로 "나를 키운 팔 할의 두근거림"으로 표현한 "또 다른 '나'들"을 만난다.

2015년 17세

● 고등학교 입학하고 얼마 되지 않아 오빠는 "이 학교 애들은 끼가 많고 자기표현을 자신 있게 잘 해서 모두 다 굉장해"라고 긴장된 목소리로 엄마에게 전화했다. 엄마는 오빠가 주눅들까 봐 걱정했는데 시간이 지날수록 친구가 많이 생기는 것을 보고 안심했다. 기숙사 생활을 하는 오빠를 만나는 날이 두어 달에 한 번이었다.

● 학교에서 7박 8일 동안 제주도 도보순례를 다녀왔다.

2016년 18세

● 학교에서 라오스로 해외이동학습을 갔다. 내 선물로 천가방을 사왔다.

● 2학년이 끝날 때, 힘써 배움상("다른 아이들보다 조금 느려도, 더 좋은 점수를 받기 위해 노력하기보다 더

좋은 결과물을 내기 위해 노력하는 모습이 아름답습니다."）을 받았다.

2017년 19세

● 3학년 1학기 중에 2주간 서울에 있는 잡지사에서 직업 체험(인턴)을 했다.

● 여름 방학 때 친구 둘과 인도 여행을 갔다. 여행 내내 연락이 거의 없어서 걱정했다. 아빠가 오빠한테 여행하고 기억 남는 게 무엇이냐고 묻자, 갠지스 강과 도시의 분주함과 이에 대비되는 카스트 제도라고 말한 것 같다.

● 왜 대학에 가야 하는지 모르겠다고 고민하다가 성공회대학교에 진학하기로 결정하고 면접을 봤다. 성적이 처음에는 좋았다가 갈수록 떨어진 이유를 면접관이 물어봤을 때, 더 중요하다고 생각하는 것에 집중했다고 답했다 한다. 그 중요한 것은 자연 속을 산책하면서 하는 사색이었다고. 합격이었다.

● 오빠 졸업식 때 다 같이 교가를 부르는데 학교가 이렇게 신나고 편안한 곳일 수 있다는 걸 느꼈다. 졸업 소감을 말하는 오빠가 멋지고 부러웠다.

2018년 20세

● 오빠는 대학교에 자부심이 많았다. 교수님들의 열정과 훌륭한 강의에서 배우는 게 많다고 했다. 나중에 교육운동을 하고 싶다고 말했다.

● 여름 방학 때 친구들 집을 자주 다녔다. 멀리 사는 친구들 집까지 찾아갔다.

2019년 21세

● 3월에 휴학했다. 군대 가기 전에 이것저것 경험을 해보겠다고 했지만, 내가 보기에는 딱히 하는 것 없이 놀러다니는 것처럼 보였다.

● 가을에 제주도 우도에 혼자서 갔다. 가족 카톡방에 민박집 개랑 산책하면서 찍은 사진을 보내왔고, 이 주 만에 집에 왔다.

● 12월, 마침내 오빠가 머리카락을 짧게 자르고 입대했다.

2020년 22세

● 1월, 훈련소에 있는 오빠에게 인터넷 편지를 자주 썼다. 훈련소 퇴소식 때 크리스마스랑 생일을 군대에서 다보냈다며 오빠가 장난스럽게 말해서 식구들이 같이 웃

었다.

● 2월, 자대 배치를 받고 얼마 뒤부터 힘들어 했다. 모두들 처음엔 다 그렇다고 곧 좋아질 거라고 했다. 나도 그럴 거라고 생각했다. 감염병(코로나19)이 갑자기 확산되면서 모든 군인들의 외출과 면회가 금지되었다. 아빠가 보내는 책 사이에 끼워 나도 편지 한 통 써서 보냈는데, 생필품이 아닌 것들은 잘 전달되지 않았다. 연락은 점점 뜸해지고 오빠의 말수는 줄었다.

● 3월, 나는 대학 입학은 했지만 집에서 영상 강의만 들으며 하루하루를 보내던 중 오빠가 병원에 있다는 전화를 받았다. 청주의 병원에 도착해서 눈을 감고 누워 있는 오빠를 봤다. 장례식에 오빠 친구들이 많이 왔다. 함께 있어줘서 고마웠다.

(기록 : 동생 정해인)

미완으로 완성된 시집

남호섭(시인, 전 간디학교 교사)

1

「시 창작 입문」은 이 시집에서 유일한 연작시의 제목이
자, 시인이 다녔던 고등학교에 개설된 교과명이기도 하다.
무학년 통합 수업을 하는 특성화교과군에 속하는 수업
중 하나이고, 선택과목이다. 이전에는 '시 읽기 삶 읽기'라
는 다소 낭만적인 이름이었다가 학교가 제도 안으로 좀
더 들어가면서 이런 이름을 갖게 되었다. 그 수업의 담당
교사가 필자였고, 물론 그는 수강생이었다.

홁 속에서 뒹구는 지렁이

등허리를 만져본다
꿈틀거리며 지렁이가 내게 말한다
'지렁지렁'
나는 뭐라고 해야 할지 몰라
난처한 웃음을 짓는다
가끔은 그렇게
내 안에 있던 생명의 발작이
내게로 온다
― 「시 창작 입문」 부분

그는 느린 학생이었다. 수업은 오후 세 시간 연강으로 이루어졌는데, 십여 명 남짓의 수강생들과 먼저 차를 마시면서 담소를 나누고, 나머지 시간에 시 한 편씩 쓰고, 그것을 둘러앉아 함께 읽고 감상하면 끝나는 거였다. 한 줄 시로 세 시간을 때우는 학생도 있었지만, 그는 가장 늦게까지 시를 붙들고 있던 학생이었다. 자기 시를 느릿느릿 읽었고, 남의 시를 말할 때도 그만큼 느렸다. 그런 그가 언제부터 "내 안에 있던 생명의 발작"을 느꼈던 것일까?

그의 "지렁이"를 읽으니까, 이성복의 시론을 수업 중에 읽어준 기억도 어렴풋하게 떠오른다. "비 온 다음 지렁이 지나간 자리 보셨지요. 햇볕 나면 금세 사라지는 흔적 말

이에요. 그 자국이 생기려면 지렁이 몸통이 얼마나 비벼
댔겠어요. 시도 꼭 그 만큼이에요."(이성복, 『무한화서』
중에서)

그도 지렁이처럼 제 몸통이 다 닳도록 시를 썼다. 너무
이른 나이에 세상을 등졌지만, 그가 남긴 흔적들은 이렇게
남았다. 그리하여 이 시집은 그가 지은 작은 집 한 채다. 비
록 육체는 사라졌지만 죽지 않은 그가 늘 우리를 초대하는
집이다.

2

서정시에서는 시의 화자가 시인 자신일 때가 많지만 그
렇지 않을 경우도 있다. 우리 문학사에 중요하게 기록된 작
품 중에서도 시인 자신이 타자가 되어 타자를 표현한 작
품은 얼마든지 찾을 수 있다. 그러나 그의 작품을 읽어보
면 시인 자신과 시의 화자가 동일인임을 어렵지 않게 짐작
할 수 있다.

부끄러움을 모르는
그래서 시를 쓰는

나는 더 이상 시인이라고 불릴
자격이 없다

이 세상 모든 구르는 돌들은
저마다 세상을
조금씩 밝게 만들지만

이곳 상학리 해인공방 옆
개와 고양이와 닭들과
교감 아버지와 곧 수능을 보는 동생과
내가 군대 가면
본사로 갈 마음 있는
어머니와 함께 사는 조용한

집 벽난로도 있고
자전거도 있고
언제나 바깥 공기보다는
춥고 조금은 쓸쓸하고
벌레들이 종종 찾아오는
내 방에서

나는 잠이 오지 않는다는 이유로

이렇게 앉아

고개를 푹 숙이고

시를 쓰고 있다 그러나

더 이상 이것은 시가 아닐까

– 「염치」 전문

"나"의 신상이 구체적인데, 이는 다른 작품들과의 연관성을 따져보아도 시인 자신임에 틀림없다. "나"는 "시인"이라 불리고, 그래서 시를 쓰는데, 스스로 부끄러움을 모르는 염치없는 사람이라고 한다. 시집의 많은 시편들에서 동일하게 반복되는 시적 화자의 모습이기도 하다.

그런데 따져볼 것이 있다. 그는 등단 절차를 거친 바도 없고, 시집을 낸 적도 없으니 통상적으로 시인이라 불릴 수 없는데도, "어떻게/시인이 그래"(「어떻게 그래」)처럼 다른 작품에서도 스스로 시인이라는 의식을 보인다. 또한, 시를 쓰고, 시를 써야 한다는 의지를 시집 곳곳에서 자주 드러낸다.

그리고 시를 쓰면서도 "더 이상 이것은 시가 아닐까"라든지, "이런 것도/이야기가 되고/시가 됩니까"(「쓸 것도 없어」), "이 시는 언제 어떻게/마무리 될 것인가"(「나는 죄인이다」) 등등, 자기 시에 대한 성찰을 멈추지 않는다.

3

우리는 아무도 그가 시인인 줄 몰랐다. '우리'에 포함되는 것은 그의 식구들뿐만 아니라, 깊은 사귐이 가능했던 기숙 학교(고등학교) 친구들, 짧은 대학생활에서 만난 친구들, 그 외 그를 알고 있는 모든 이들이다. 그러나 그는 시인이 었다. 그가 남긴 시는 족히 시집 한 권 분량이었고, "이제 한 달 뒤면 나는 군대로 간다/그때까지 나는 계속해서 글을 쓸 것이다/시를 쓸 것이다"(시인의 말, 「변화를 잉태하는 글쓰기」 중에서)라는 말을 가장 마지막 노트에까지 남겼다. 불과 삼사 년 동안이었지만 그는 우리가 눈치 못 채는 새 시를 썼고, 시를 살았다. 이래도 그가 시인이 아니면 누가 시인이겠는가.

눈이 부시다
목이 칼칼하다
그가 보고 싶다
그러나

나는 죄인으로 살았다
죄인은 침묵해야 한다 더 이상

어떤 말도 해서는 안 된다

칼을 쥐고도
칼을 쥔 줄 몰랐다니

깊게 베고서
하는 말은
또 한 번 칼이 되어
더욱 깊은 상처
영혼까지 녹슬게 한 상처

그런 짓을
지금껏 몇 십 몇 백
몇 천 번이나 해왔던가
— 「나는 너무 밝은 빛」 전문

　이 시는 자기 참회의 시간을 갖는 자의 고백으로 들린다.
얼마나 큰 잘못을 저질렀기에 말도 해서는 안 되는 걸까. 이
유는 명확치 않으나, 말이 칼이 되어 "그"에게 상처를 주었
기 때문이라는 것을 짐작할 수 있다. 이는 시인인 "나"에게
는 가장 큰 죄악이다. 왜 아니겠는가, 말에 대해 가장 엄격

해야 할 시인이 그것을 칼처럼 휘둘렀으니.

그러나 "나"는 어떻게든 속죄하고도 싶다. "그때 그대가 찢었던 시처럼/이 시도 구겨지고 찢어지고/불태워진대도 내가 오히려/고마운 마음일 것이오"(「미안하오」). 아무리 외면당하거나 버림받는다 해도 "그대"에서 용서받고자 한 다. 그 방법으로 "나"는 시 쓰는 일 외에는 할 수 있는 게 없 어 보인다.

그는 끊임없이 시 속에서도 시를 쓴다. 자신의 모습을 "미 안하고"(「미안하오」), "죄인이며"(「어떻게 그래」), "부끄러 움도 모르고"(「염치」), "염치도 없는"(「나는 죄인이다」) 존 재로 그리고 있는 작품에서도 시 쓰기는 멈추지 않는다.

그의 죄의식은 뿌리가 깊어 보인다. 그것이 종교적인 '원 죄의식'에 가까운 것일 수도 있고, 누군가에게 구체적인 어 떤 잘못을 저질러 생긴 죄의식일지도 모른다. 하여튼 이러 한 '속죄로서의 시 쓰기'는 그의 시에서 도드라진 특징이자 자신을 구원하는 가장 절실한 방법이었다는 생각을 한다.

　백지는 하얀 거짓말이다, 라고 한숨이 말했다
　—「백지」 전문

참회의 시간을 갖는 그 앞에 놓인 "백지"는 때때로 사막처럼 느껴졌을지 모른다. 그러나 막막한 사막을 건너기 위해서라도 한 줄 한 줄 써야 한다는 인식, 그에게 있어 시는 사막과 같은 이 세상에서 오아시스와 다름없었다.

4

그의 시는 대체로 어둡다. "소화되지 않은 수십 개의 상처"(「눈이 감긴다」), "뜯긴 선풍기 날개처럼 울고 있다"(「나비」), "언젠가 불타 없어질 이 곳"(「심청전」), "식판이 나의 초라함을 비웃어댄다"(「비웃다」) "여생은 컵라면 국물만큼 들이켜고"(「오버워치」) 등등. 곳곳에서 만날 수 있는 이런 구절들은 시집 전체를 무거운 분위기로 만들어 놓기도 한다.

찬 복도 바닥에 앉아 다리가 저리다
어느 틈에 다리는 감각을 잃었다
창 밖에서는 신선한 바람이 자유로이 뛰논다
아버지, 어머니. 비상구 표시등 아래에
죽음이 살림을 차렸다
한밤중에 길 잃은 나그네가

수백 개의 눈으로 감지한 불빛

그는 발작 중에 힘을 잃어갔다

인간에게는 비상구인 것이

다른 짐승에게는 어떠한가

깨진 창 사이로

미풍이 불어오고 여기 멈췄다

모든 흔들리는 것들은 사실 정지해 있다

바람은 어디서나 생동한다

느낌은 주관적이나

나는 이것들이 조금 가여워졌다

— 「깨진 창 사이로」 전문

  그의 가장 빼어난 작품 중 하나로 꼽을 수 있는 시다. 다른 작품들에서 볼 수 있는 다소 어둡고 무거운 이미지들은 이 작품을 완성하기 위한 연습처럼 느껴지기까지 한다. 아마도 그가 깊이 천착했던 삶과 죽음에 대한 생각이 가장 명확하게 드러난 작품이 아닐까 생각한다.

  이 작품을 이해하기 위해서 우선 시의 배경을 머릿속에 그려보자. 어떤 건물 복도에는 유리창이 있어 건물의 안과 밖이 나뉘고, 복도의 어디엔가는 비상구 표시등이 있고, 복도의 전등은 꺼져 있을 테고, 유리창은 한 쪽이 깨져 있다.

"비상구 표시등 아래에/죽음이 살림을 차렸다"에서 부나방과 수많은 날벌레들의 처참한 모습이 연상된다. 그리고 이 모습은 우리 인간 삶의 은유로도 읽힌다. 살 길을 찾는다는 게 기실은 정반대의 결과로 이어지는 일은 드물지 않기 때문이다.

이 시는 삶의 상징인 "비상구"에도 죽음이 공존한다는 것을 담담히 그려 보여주고 있다. 시인이 전달하고자 하는 주제가 짜임새 있는 구성에 잘 녹아들고 있다. 그리고 "깨진 창 사이"로 미풍이 불어오듯 삶과 죽음이 서로 내왕하고 있다는 뛰어난 이미지를 창조해낸다.

그리고 마지막 행, "나는 이것들이 조금 가여워졌다"에 주목한다. 삶과 죽음이 하나라는 사실을 알아버린 자에게 "이것들"의 모습은 가여울 뿐이다. 「깨진 창 사이로」는 시인이 열아홉 살인 고등학교 3학년 때 쓴 작품이다. 일찌감치 삶과 죽음의 이면을 들여다보고 있었던 그가 할 수 있는 일은 시 쓰기였다. 뭇 생명들에 대한 연민과 자기연민을 풀어내는 방법은 그에게 시 쓰기 말고는 별다른 게 없었다.

5

내일은
내일이 돼야 시작되고
내일은
내일이 시작돼야 끝날 수 있다

삶은 사람을 빚는다
내일은 아직 오지 않았다
오늘을 마저 살아야
내일도 온다

어제도 밥 먹고
일하고
똥 누었듯
오늘 그리하면
　　　.

그러나
내일은 그냥 오지 않아서
오늘은 오늘도
죽음을 맞는다

숨진 오늘을

낙엽처럼 밟으며

강물처럼 유유히

걸어가 보려 한다

– 「내일은 내일 끝난다」 전문

그는 고작 스물한 살이었다. 그가 남긴 아름다운 시 한 편을 여기 이렇게 읽어 보자. 그의 낮고 차분한 목소리가 들리는 듯하다. "강물처럼 유유히" 걸어가는 그의 뒷모습이 보이는 듯하다. 고백하자면 나는 이 글을 쓰는 동안, 시 쓰기가 멈추자 그의 삶도 멈출 수밖에 없었구나 하는 안타까움에 빠져 있었다.

'속죄의 시 쓰기'와 '연민의 시 쓰기'는 자기 구원의 길이었는데, 그 길이 군대라는 물리력에 끊어져 버렸다는 생각에 마음이 몹시 무거웠다. 그러다 보니 그가 그렇게 가고 싶어 했던 "우도"에 대한 얘기는 꺼내지도 못했다(우도는 그가 고등학교 일학년 때, 제주도 도보순례 프로그램 중에 한 코스였다. 해안선을 따라 걷다보면 이따금 돌고래 떼를 만날 때도 있었다.). "내가 모르는 저 숲이 먼저 나를 알아본다"(「숲」)라는 빼어난 한 줄 시에서 "저 숲"은 그가 꿈꾸던 "우도"가 아니었을까.

그뿐만 아니라, 「작아지기」, 「안경」처럼 소품이지만 깊은 철학을 담고 있는 작품들에 대한 이야기도 다루지 못해 아쉬움이 남는다.

그의 작품들은 여기저기 흩어져 있었다. 오래된 노트에서부터 다른 곳에 놔두고 잃어버렸다고 생각했던 노트에서까지 시가 나왔다. 고등학교 수업 때 수강생들의 작품을 모아 만든 시모음집에 실린 십여 편을 제외하고는 모두 이렇게 찾은 것이다. 애초에 그가 시를 써서 어떻게 하겠다는 계획이 있었다면 한 곳에 정리했을 법도 한데 전혀 그러지를 않았다. 그는 그저 썼을 뿐이다. 누군가에게 보여주려고도 하지 않았으면서 시인으로서의 자의식을 가지고 그는 시를 썼다.

퇴고할 시간도 갖지 못하고 그는 바쁘게 갔지만, 그의 어머니와 아버지는 한 편 한 편 시를 찾아내 그를 이렇게 다시 살려냈다. 특히, 연보를 쓴 누이동생 정해인은 그가 이 땅의 지극히 평범한 청년이었음을 꼼꼼히 기록으로 남겼다.

이렇게 해서, 이것은 미완으로 완성된 시집이다.